drop

drop

Sylvia van Ommen

Lemniscaat 8 Rotterdam

Nederlandse rechten Lemniscaat b.v. Rotterdam 2002
ISBN 90 5637 472 9
© 2002 Sylvia van Ommen

Hoi misschien heb je al gezien dat het mooi
weer is. Zullen we drop eten in het park?
Groet van Oscar. P.S. Neem jij de drop mee.

O.K. Tot straks. Gr. van Joris.
P.S. Neem jij wat te drinken mee.

Hij racet voort,
zijn achtervolgers
ver achter zich latend.
Ook dit keer is hij ze te slim af.

Ja. Met Os. Waar blijf je nou?

Ik kom d'r nu net aan.   Had 'n lekke band.

Wat voor drop heb je?

Een zak gemengd.

Koffie.

O, zwart zeker.

Ja, maar....

ik heb ook suiker meegenomen.

Deze is net zo blauw als de lucht.

Zou daar wat zijn?

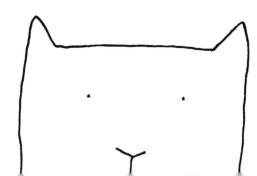

Daarboven, -

zou daar iets als een hemel zijn?

Een plek waar je heen gaat als je dood bent?

Weet ik niet. Denk 't wel.

Zouden we er dan ook
allebei heen gaan?

Als jij d'r heengaat, ga ik vast ook wel.

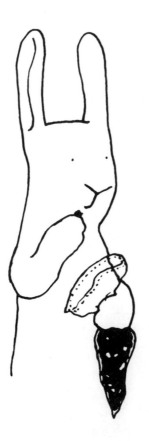

Dan komen we
elkaar misschien
wel weer tegen.

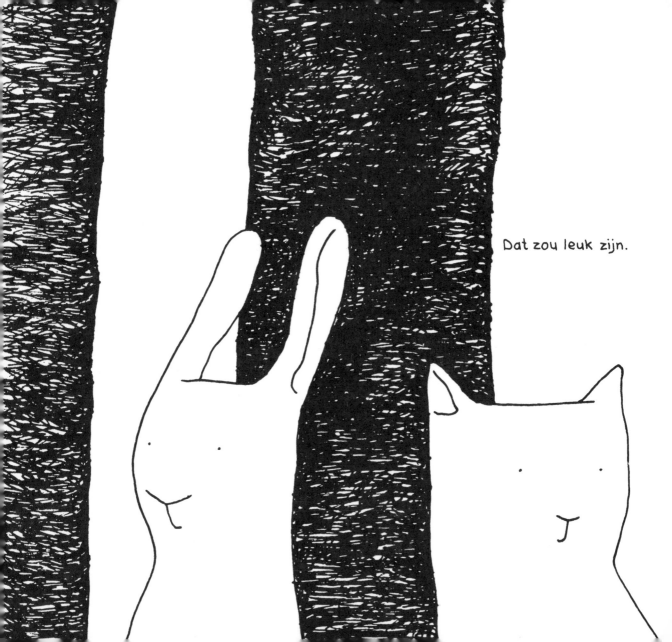

Dat zou leuk zijn.

Maar als het daar nou heel groot is en je bijna nooit iemand tegenkomt.

Of het is er zo druk dat we elkaar nooit vinden.

We kunnen afspreken bij de ingang....

Of bij zo'n speciaal ontmoetingspunt.

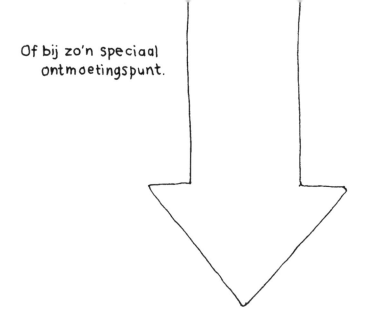

Het kan ook zijn,
dat we elkaar daar niet meer kennen.

Hoezo?

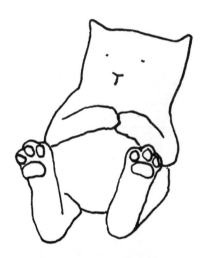

Nou,
omdat we dan dood zijn
en alles zijn vergeten
wat we gedaan hebben.

Dan heeft dat afspreken bij de ingang ook weinig zin.

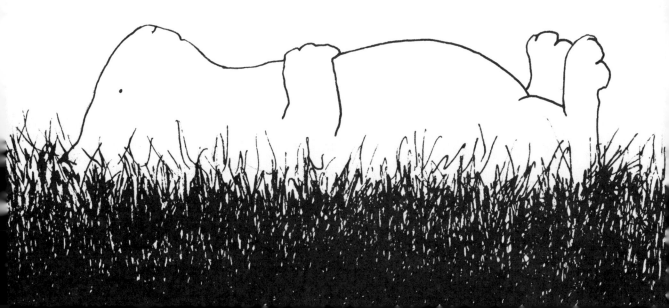

Maar als we elkaar tegenkomen en we kennen elkaar niet....

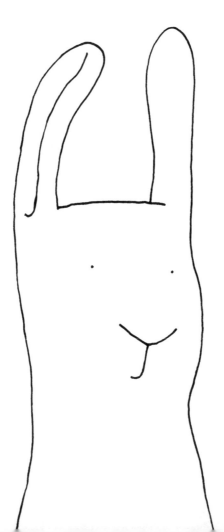

dan kunnen we gewoon opnieuw vrienden worden.

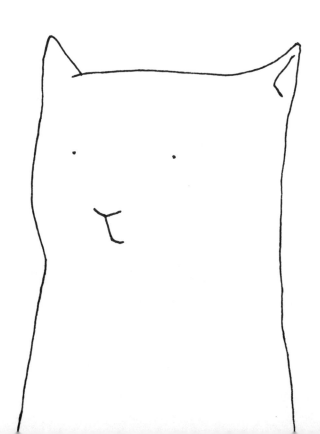

Kunnen we samen drop eten en zo....

Ja.